모든
순간의
안녕들

모든
순간의
안녕들

김옥경 쓰다 · 김지원 그리다 · 김수정 글씨그리다

종이와
나무

코로나가 점점 기승을 부리던 2020년 여름, 저의 최대 고민은 등교를 못 하고 집에서 온라인 수업을 하는 두 남매의 끼니와 간식 메뉴를 정하는 것이었습니다. 코로나라는 전 지구적 전염병으로 음식점에 가는 것은 고사하고 마스크 없이는 숨 쉬는 것조차 자유롭지 못해 답답함은 극에 달했는데, 매일 세끼의 밥과 간식을 챙겨야 하는 엄마의 입장에서는 그 답답함이 최고치를 넘어 우울함에까지 이르렀지요. 그러는 사이에 여름방학은 찾아오고 어느 날 아이들의 간식으로 달걀을 삶으며 냄비 속 보글거리는 기포들을 바라보는데 갑자기 눈물이 핑 돌더라고요. 냄비 속에서 기포들과 함께 들썩이는 달걀이 마치 제 모습 같았거든요.

보글거리는 세상 속에서 열심히 살아보려고 들썩들썩 애쓰는 모습. 그 모습은 비단 제 것만은 아니었지요. 새 학년이 되어도 학교에 가지 못하고 컴퓨터 앞에 앉아 있는 아이들의 뒷모습, 불안한 마음으로 일터로 향하는 남편의 발걸음, 영상통화로 서로의 안부를 전하는 전화기 속 사람들의 얼굴에도 똑같은 모습이 있었습니다.

문득 옆을 둘러보았어요. 나의 삶과 우리네 삶을 닮아 있는 내 옆의 사소한 것들을 말이죠. 그동안 너무 멀리 보느라 미처 보지 못한 곳들에 눈길을 주어봅니다. 어떻게 하면 힘든 이 시기를 잘 지나갈 수 있을까. 어쩌면 그동안 눈길 주지 못한 것들을 가만히 바라볼 수 있는 기회가 온 건 아닐까 하는 생각이 들었습니다. 각지고 모난 시간들을 견디며 집 안 곳곳에서 나와 마주치는 순간이 많았습니다. 기뻐도 웃지 않고 슬퍼도 울지 않는 나. 하고 싶은 일은 하지 못하고 하기 싫은 일은 참고 하는 나. 무표정이 일상이 되어버린 나. 그런 나를 마주하기 싫어 애써 외면하기만 한 날들. 그런 날들을 가만히 바라보았습니다. 그리고 그 안의 나를 바라봅니다.

오늘도 끓는 냄비 속에서 많이 힘겹지만, 세상의 사소한 곳에 소소하게 나의 흔적을 새기고 지우며 수수한 날들의 끝자락을 잡아봅니다. 그 끝자락만큼 힘을 내고 꼭 그만큼만 힘든 것들을 잘라내봅니다. 기댈 곳이 겨우 내 삶뿐이라 해도, 어김없이 찾아오는 내일로 마음 다해 마중을 나가요. 어제의 힘겨운 삶도 오늘은 정겨운 얼굴로 서 있을 테니까요. 그 곁에 살며시 기대도 돼요. 우린 오늘 각자의 그 모습으로 충분해요.

사소한 슬픔에도 소소한 기쁨에도 수수하게 웃으며 내가 먼저 나의 곁에 있어주어요.

여름날 보글보글 달걀을 삶으며

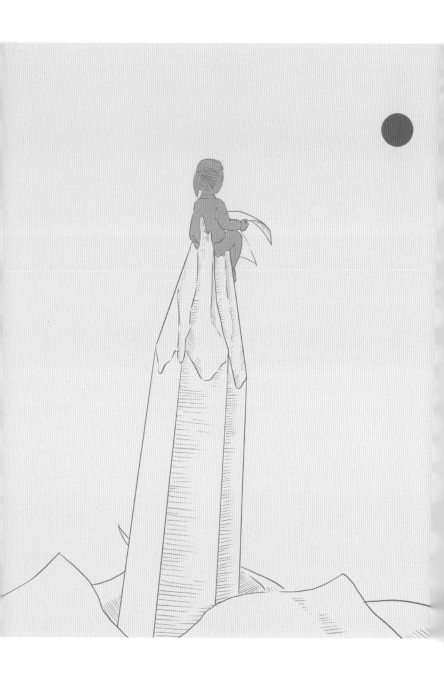

차 례

삶
은,

어떤 모습이든
그렇게
내가먼저 사랑해주는
나의 삶이 되어요

삶은

,

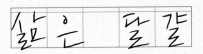

삶은 달걀

날달걀들이 익어보려고 함께 몸을 담가요.
같은 냄비에서도 익는 정도는 다 다르답니다.
완숙이거나 반숙이거나.

완숙은 생각보다 시간이 꽤 많이 걸려요.
마음에 드는 반숙은 시간 맞추기가 쉽지 않죠.
노른자가 흘러내리거나, 촉촉하거나.
익히기 전에는 늘 계획을 세우지만
누군가는 계획한 대로 알맞은 결과를 얻고
다른 누군가는 당황스러운 결과를 만나기도 하죠.
하지만 완숙도 반숙도 망친 건 아니에요.

노른자의 위치도 관건인데요.

늘 정중앙으로 맞추려 해보지만,

내 마음대로 될 때는 거의 없어요.

오늘 좀 가운데로 온 것 같다 싶으면

냄비 앞에 붙어서 온갖 정성을 다해야 하거든요.

앗, 냄비에 넣자마자 금이 갔다고요?
에헤! 좌절 금지.
그건 아주 흔한 일이에요.
물이 끓을 때 소금과 식초를 조금씩 넣어보세요.
깨진 틈으로 흘러나온 흰자는 금방 단단해질 거예요.

자, 꺼내요.

완숙이든 반숙이든.

맘에 들든 그렇지 않든.

누군가는 흰자를, 다른 누군가는 노른자를 빼고 먹지만

그건 버려지는 게 아니에요.

각각 필요한 사람을 위해 남겨두지요.

익은 정도가 달라도 모두 삶은 달걀.

그것이 달걀이라는 건 변치 않거든요.

그렇게 살아요.
가끔은 완숙으로
가끔은 반숙으로.

우리를 맛있고 단단하게 해줄 소금과 식초가 있으니.
어떤 모습이든 그렇게
내가 먼저 사랑해주는 나의 삶이 되어요.

익은정도가 달라도 모두 삶은달걀
그것이 달걀이라는건
변치않거든요

그래요,
그렇게 나는 언제나 내 모습으로 돌아옵니다-

삶은

,

| 냉 | 장 | 고 |

냉장고

냉장고 문을 열어보니 어느새 텅 비어 있습니다. 엊그제 장을 봐 와서 꽉 채워놓았는데 말이죠. 텅 빈 냉장고 속을 바라보고 있는데 왜 그렇게 요즘의 나와 닮아 보이던지. 노란 불빛을 한동안 바라보다가 "삐! 삐! 삐!" 경고음에 화들짝 놀라 얼른 문을 닫았습니다.

마음이 텅 비어 있을 때도 누군가 경보음을 울려주면 좋겠습니다. 요즘처럼 내 마음을 나도 잘 모르겠어서 멍하니 멈춰 있을 때 누군가 알려주면 좋겠어요. 지금은 빨리 문을 닫을 때라고.

냉장고가 꽉 찬 날이라고 매 끼니 진수성찬을 먹는 건 아니에
요. 대형마트에서 진을 빼며 카트 한가득 장을 봐 온 날에는 이
상하게도 저녁거리가 없어서 치킨을 시키거나 라면을 끓이거
나 하거든요.

생각이 너무 많은 날 뭔가 더 많이 해낼 것 같지만 무얼 먼저
할지 몰라서 머릿속이 갑자기 하얘지는 것처럼 말이에요.

오랜만에 냉장고 청소를 합니다.

'세상에, 이게 여기 들어 있었네.'

그렇게 찾아도 보이지 않던 소스가 이제야 눈에 띄지만 유통기한이 한참 지났네요.

'아. 그날 다 해 먹는다고 해놓고.'

양배추와 콩나물은 왜 꼭 살 때 마음과 먹을 때 마음이 다른지 오늘도 반 이상을 버립니다.

'원 플러스 원이라 샀더니만.'

유통기한이 오늘까지인 요구르트를 잘 보이도록 홈 바 앞에 진열해 봅니다.
냉장고 속에 작은 언덕처럼 쌓인 상한 식재료들을 보니 또 후회가 밀려오네요. 반성의 의미로 더 힘주어 냉장고를 닦고, 앞으로는 그러지 않으리라 또 한 번 다짐해봅니다.

고민만 하느라 아무것도 못 하고 유통기한이 지난 생각들.
처음부터 쓸데없었던 걱정들.
고민에 걱정을 얹어 눈덩이처럼 불어난 상념들.

하루 날 잡아 싹 비우면
청소한 냉장고처럼
내 삶도 조금 가지런해질까요?

이런!

오늘 먹으려고 어제 저녁 냉장고에 고이 넣어놓은 나의 소중한 앙버터가 없어졌어요. 내가 먹으려고 넣어놓은 걸 자꾸 누가 가져가네요. 아무리 꼭꼭 숨겨도 들킬 때도 있고, 무사히 내 손에 돌아오는 날도 있어요. 오늘은 냉장고 더 깊숙이 앙버터를 숨깁니다.

내 삶에 끼어드는 사람들이 싫어서 더 깊숙이 내 감정을 숨겨봅니다. 굳이 싫다는데 내게 본인의 감정을 강요하기도 하고, 어떤 날은 내 감정을 송두리째 흔들어 혼란스럽게도 합니다. 이럴 때 내 마음은 어디에 두어야 하죠? 깊숙이 넣어두기만 하면 상하고 곯아버릴 텐데요.

마음이 텅비어 있을때도 누군가
경보음을 울려주면 좋겠습니다
누군가 알려주면 좋겠어요
지금은 빨리 문을 닫을 때라고

깔끔쟁이 친구네 것처럼 음료와 각종 소스병들이 가지런히 진열된 냉장고를 꿈꾸었습니다. 냉장고 속 재료로 알뜰히 삼시 세끼를 만들어내는 동네 언니네 것처럼 집밥을 위한 냉장고를 꿈꾸기도 했어요. 우리 집 냉장고도 며칠은 깔끔하게 유지가 되지만 어느새 '나의 냉장고'로 돌아와 있습니다.

그래요,
그렇게 나는 언제나 내 모습으로 돌아옵니다.
그게 가장 나다운 삶이니까요.
한 가지는 다짐해보렵니다.

과하게 사지 않고,
조금은 버리고,
너무 복잡하게 채우지는 않기로요.

예쁘게 걷지 않아도 돼요
내 맘 가는대로 걸어요
그저 마음 주어 걷다보면
세상의 기대와 상관없이

꼭 그날이 와요

삶은

,

카 레

카레

'만만해서' 오늘 저녁 메뉴로 결정했어요.
그런데 준비를 하다 보니 그리 만만하지는 않네요.
그렇다고 카레가루 봉지 뒷면의 재료를 모두 완벽하게 준비하
지는 않아도 됩니다.

양파와 당근, 감자, 브로콜리를 넣은 야채 카레는 산뜻해요.
여기에 돼지고기, 닭 안심을 넣으면 풍미가 살아나죠. 역시 고기!
소고기는 카레에 넣긴 왠지 아까워서 넣어본 적은 없어요.

씹는 맛은 내고 싶은데 고기가 없는 날에는 스팸과 줄줄이 비
엔나를 넣어봐요.
어린이 입맛까지 저격할 별미가 된답니다.

언젠가는 제주도에서 먹어본 콩 카레를 해봤어요.
렌틸콩을 삶아서 만들어본 콩 카레는 정말 일품.
구수한 맛에, 고급진 요리처럼 뭔가 있어 보였죠.

카레에 들어가는 재료는 예쁘게 썰지 않아도 돼요.
내 맘 가는 대로 썰어요.
각 잡혀 가지런히 썰리는 날도 있지만 오늘은 왠지 계속 빗나가네요.
그저 마음 주어 냄비 속 재료들을 젓다 보면
재료의 모양은 상관없이 꼭 그 맛이 나요.
변치 않는 카레 맛.

만만하게 보이지만 결코 만만하지 않은
카레 맛 삶.

예쁘게 걷지 않아도 돼요.
내 맘 가는 대로 걸어요.
그저 마음 주어 걷다 보면
세상의 기대와 상관없이 꼭 그날이 와요.
변치 않는 삶의 맛.

누군가 카레도 요리냐며
좀 더 근사한 걸 만들어보라고 재촉한다면,

혹시 감자는 깎아봤니?
당근은 썰어봤고?
노란 물 아래 잠겨서 못 봤나 본데.
너도 해보고 얘기해.
만만하게 여기까지 온 거 아니니까.

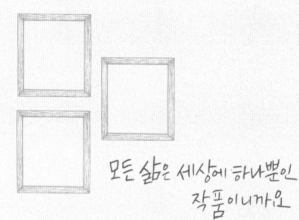

모든 삶은 세상에 하나뿐인
작품이니까요

삶은

,

불량식품

불량식품

집 앞 작은 슈퍼마켓에 가는 길, 초등학교 2학년인 둘째가 따라나섰어요. 엄마를 따라 마트에 가는 묘미는 역시 계산대 앞 형형색색, 옹기종기 모여 있는 불량식품을 구경하는 것이죠. 아이는 요즘 최고로 좋아하는 '네모스낵'을 하나 고릅니다. 우리 어릴 적 먹던 쫀드기랑 비슷한데요, 짭조름한 맛에 식감도 재밌어 저도 가끔 뺏어 먹는 쏠쏠한 간식이랍니다.

그러고는 불량식품을 고른 본인도 살짝 멋쩍었는지 "엄마, 이거 불량식품이다~"라고 먼저 말을 건넵니다.
"아, 그래?" 기꺼이 사줄 생각이라 모르는 척 받아주며 계산을 하려고 줄을 섰는데 아이가 말합니다.

"그런데 엄마, 불량인데 가게에서 왜 팔지?"

아
⋮
그러게.

불량품은 골라내고 우량한 정품만이 상품이 되어 진열되는 세상인데 말이죠. 누가 그렇게 이름을 지었는지, 언제부터 그렇게 불렸는지 모르겠지만 불량이라는 단어가 들어갔는데도 고정 팬들 덕에 심지어 인기가 너무 좋아요.

불량식품이 알록달록 모여 있는 진열대가 복닥복닥한 우리네 삶과 너무도 닮아 있어 오도카니 진열대를 내려다보았습니다. 난 불량품 같은 삶이라 이번 생은 글렀다고 생각한 적이 있어요. 사실 지금도 썩 좋은 물건은 아닌 듯해서 진열대의 가장 잘 보이는 자리를 탐내기는 멋쩍습니다. 내가 이곳에 있는 게 맞는지 걱정이 될 때도 있어요. 확, 이 진열장을 박차고 나가고 싶기만 하고요.

계산대 앞 제일 잘 보이는 곳에 나란히 놓여 있는 불량식품들을 보니 네모스낵, 아폴로 같은 삶을 살고 싶다는 생각이 듭니다.

다들 불량이라고 해도 나를 찾는 단 한 사람의 온기로 사는,

나를 찾아온 그 사람을 따뜻하게 바라볼 줄 아는,

뒤에서 쭈뼛거리지 않고 당당히 계산대 앞에 서는,

맛있는데 양은 많지 않아서 빨리 먹는 게 아쉽기까지 한,

먹는 그 순간은 오롯이 행복으로만 존재하는,

거기가 어디든 묵묵히 내 자리를 지키는,

누군가와 추억을 나눌 수 있는,

잊고 있다가도 만나면 너무나 반가운,

고정 팬과 오래가는,

삶.

정품

불량품

가품

진품

희귀품

소장품

모조품

기념품

화장품

학용품

소지품

.
.
.

.
.
.

오늘도 각자의 품으로 사느라 고생 많으셨습니다. 가끔 하품도 하면서 한 박자 쉬어가요. 웬만하면 거품은 빼고요. 기품을 넣으면 좋지만 없으면 없는 대로 나에게 맞는 부품을 찾아보아요. 너무 신제품에만 열광하지 말고 재활용품도 찬찬히 살펴보자고요.

세상의 많은 '품' 중 가장 넓은 품은 우리가 가진 '마음의 품'임을 잊지 않았으면 해요. 그 품으로 세상을 껴안고 그렇게 또 나를 품은 삶을 살아요. 모든 삶은 세상에 하나뿐인 작품이니까요.

이곳은 안전하니
이제 안도하렴

삶은
,

된장찌개

된장찌개

갑자기 내린 소나기를 맞고
후다닥 들어온 집에서 풍겨오던 엄마의 된장찌개 냄새.

이곳은 안전하니 이제 안도하렴.

어느날 가만히 떠오르던 내 삶의 가방들
이제는 기억속의 그 가방들
남은 날들,
그 가방을 메고 나선 거리에
나는 어떤 모습으로 서 있을까요

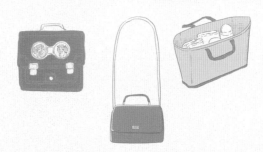

삶은

,

가	방

가방

"외로워도 슬퍼도 나는 안 울어", 학창 시절 책가방

노란색 파마머리 캔디가 그려진 빨간색 직사각형 책가방. 내 인생의 첫 가방이었습니다. 가방을 여닫을 땐 번쩍이는 은색 버클을 찰칵하고 채우는 스타일. 책과 필통, 좋아하는 스티커와 수첩을 챙기는 저녁 무렵은 하루 중에 제일 설레는 시간이었습니다. 이 가방을 멘 나는 혼자 걸어서 국민학교에 갈 수 있게 되었고, 어디를 가도 함께였죠. 매일 들르는 문방구에도, 학교 끝나고 친구들과 방방이를 타러 갈 때에도. 이 가방을 메고 나선 세상은 온통 즐거움이었습니다.

중·고등학생이 되면서 바꾼 책가방들은 직접 고민해서 골랐는데도 기억에 남는 가방이 별로 없네요. 무겁고 축 처진, 아침 9시부터 야자가 끝나는 밤 10시까지 나와 함께 진을 빼던 힘들었을 가방들. 이 가방을 메고 나선 세상은 공부, 성적, 대학뿐이었습니다.

그 여자의 핸드백

그날 밤 우리는 진짜 헤어졌습니다. 마치 영화처럼 셋이 마주친 그 골목. 그 사람이 어떤 여자와 나란히 걸어오는 걸 마주쳐서가 아니라, 그 사람 어깨에 걸쳐 있던 핸드백 때문에. 남자가 여자의 핸드백을 대신 들어준다는 건 그저 나란히 걷는 사이만은 아니라는 것이죠. 헤어지자는 말도 없이 몇 달째 연락이 되지 않던 그에게 가졌던 미련은 오늘부로 안녕. 그 골목에 주저앉아 한참을 울었습니다. 그 가방을 본 날 이후 세상은 한동안 눈물로 뭉개져 있었습니다.

나약함은 분만실에 놓고 온 엄마의 기저귀 가방

아기를 낳은 후의 외출은 집 앞을 나가도 기본 1박 2일 짐이에
요. 없는 거 빼고 있는 건 다 나오는 가방. 물론 이름 그대로 기
저귀도 담지만 다른 것이 더 많고 모양도 가지각색인데 아무
튼 이름은 통일, 기저귀 가방입니다. 멋진 옷을 입지 않아도,
예쁜 귀걸이를 하지 않아도, 이 가방을 메고 나선 세상은 아무
것도 무섭지 않았습니다.

어느 날 가만히 떠오르던 내 삶의 가방들. 새로운 시작을 함께 해주고 힘겨움을 함께 견디기도 했으며, 미련만 가득했던 이별을 받아들이게도 했습니다. 필요한 곳에 알맞은 것들을 내놓으며 무탈하게 아이들을 키워주기도 했지요. 이제는 기억 속의 낡은 그 가방들.

남은 날들. 어떤 가방에 무엇을 담을지, 그 가방을 메고 나선 거리에 나는 어떤 모습으로 서 있을지. 다시 한번 가방끈을 야무지게 추슬러봐야겠습니다.

다시 한번 가방끈을 야무지게 추스르고 세상으로 나섭니다

"외로워도 슬퍼도 나는 안 울어"
학창시절 책가방

그 여자의 핸드백

나약함은 분만실에 놓고 온
엄마의 기저귀가방

아주 빨리 지나가거든요

기쁨은 온전히 누려요

삶은

,

훗장

옷장

서랍장 맨 위 칸엔 고이 접어둔 아이들의 배냇저고리가 있습니다. 해가 지날수록 더 작아 보이고 빛바래져가는 두 아이의 배냇저고리. 두 아이를 출산한 그날은 여전히 이토록 생생한데 말이죠.

예정일 보름 전 양수가 터져서 촉진제를 맞고 열두 시간 진통 끝에 출산한 첫째, 예정일을 딱 맞추어 네 시간 만에 출산한 둘째. 이제 와 생각하면 무슨 고집인지 모르겠지만 두 아이 다 무통주사를 거부한 채 자연분만을 했습니다. 그래서인지 아이를 낳고 입원한 병실에 가만히 누워 있을 땐 마치 이곳이 전쟁터에서 승전고를 울리고 돌아온 아군의 진지 같았습니다. 그렇게나 겁났던 일을 해낸 나 자신이 무척 자랑스러웠지요.

계절마다 옷이 작아질 만큼 아이들은 쑥쑥 자라고 있네요. 배냇저고리를 볼 때도, 철 지나 작아진 아이들의 옷을 볼 때도 엄마 마음은 그저 '희(喜)'한하게 흐뭇합니다.

아이의 모습이건 아이가 입던 옷이건
기쁜 건 언제나 변치 않고 저를 새록새록 기쁘게 합니다.
기쁨은 온전히 누려요.
아주 빨리 지나가거든요.

로(怒)

그런 옷이 있어요. 버리고 싶은데 버릴 수가 없는 옷이요. 원한 적도 바란 적도 없고 예상도 못 했는데 그쪽에서 호의로 선물해준 옷. 심지어 갑을 관계라 감상에 젖은 추억 따위는 지어내려고 해도 없고, 부당하게 당한 기억들만 가득해서 그 옷만 보면 화가 치밀어 오르죠. 당장 내다 버리려고 분류해놓기도 여러 번. 버리면 되지 왜 못 버리느냐고요? 불시에 물어올까 봐요.

"내가 준 옷은 어디 있니?"

아… 노(로怒)답!!

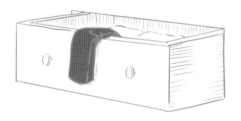

애(哀)

볼 때마다 아쉬운 손길로 매만지고 '그냥 버리거나 어디 내놓을까' 고민하다가도 혹시나 해서 다시 입어봅니다. 초록색 나뭇잎이 아주 시원하게 그려진 여름 원피스.

'아, 옷은 참 예쁜데 왜 아직도 안 어울리는 거야?'

아직, 아직! 그래요. 아직은 때가 아니라는 위로와 아주 살짝, 한 2킬로그램만 빼면 진짜 잘 어울릴 거라는 기대로 다시 옷장 안에 살포시 밀어 넣습니다.

입지도 않을 거면서 아직도 안 버렸냐고 또 타박을 받아도 아직 내 마음이 버리기 싫은 걸 어떡합니까. 나도 입고 싶다고요. 너무 입고 싶어서 눈물이 납니다.
오늘도 이렇게 '애(哀)'잔합니다.

눈에 밟히고 밟히다 언젠간 입거나 처분할 날이 있을 거예요. 애물단지처럼 옷장 한구석을 차지하고 있어도 버리기 싫으면 버리지 마요. 슬픔도 그렇게 껴안고 가는 겁니다. 흘러간 노래 가사에도 있듯이 뜻 모를 그 슬픔이 때론 살아가는 힘이 되는걸.

락(樂)

옷장 속에 가득한 검은 바지와 흰 셔츠 들을 보고 딸이 놀랍니다. 검은 치마에 흰 저고리를 입은 유관순 열사냐고. 기말고사 때 쓰던 '컴싸(컴퓨터용 싸인펜)' 같다고 말이죠. 왜 같은 색 바지를 또 사느냐고 묻는다면 나에게는 다 같은 바지가 아니에요. 저번 건 부츠컷이었고 이번 건 배기 바지라 스타일이 다르거든요. 아, 흰 셔츠? 저번 건 톡톡한 면 100퍼센트, 이번 건 하늘하늘 레이온, 소재가 달라요.

언젠가 한번은 스타일 좀 바꿔보고 싶어서 알록달록 튀는 색, 몸에 딱 맞게 붙는 옷을 사보았어요. 하지만 결국 난 검은 바지에 흰 셔츠. 그게 제일 좋네요. 어디서든 무난해 활동이 편하고 무얼 입을지 고민이 길지 않아 마음이 편합니다. 체중이 불어도 숨쉬기도 편하지요.
오늘도 즐겁게, '락(樂)'낙하게 입습니다.

다른 사람이 권하는 옷 예쁘다고 무리해서 입지 말아요.
내가 편한 옷을 입는 게 건강에 제일 좋아요.
몸 건강, 정신 건강 둘 다예요.
내 몸에 잘 맞나 그래서 숨은 잘 쉬어지나,
이게 제일 중요하다는 걸 잊지 말아요.

오늘도 옷장 속의 '희, 로, 애, 락'을 걸치고
현관문을 나서봅니다.

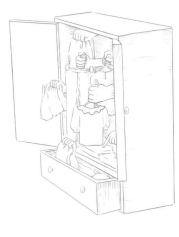

다른 사람이 권하는 옷 예쁘다고 무리해서 입지 말아요
내 몸에 잘 맞나
그래서 숨은 잘 쉬어지나
이게 제일 중요하다는 걸 잊지 말아요

누구나
말 못하는 것
말 안하는 것
하나씩은
가지고 살아요

삶은

,

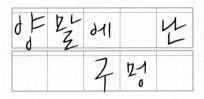

양말에 난

구명

양말에 난 구멍

누구나 말 못 하는 것, 말 안 하는 것
하나씩은 가지고 살아요.

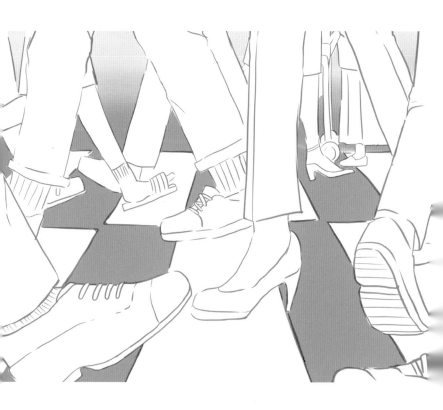

은밀한 곳에 난 검은 점.
아무도 보지 않는데
빼자니 괜한 짓 같고
안 빼자니 신경 쓰이고,
매년 고민하지만
에잇, 다음에 생각하자.

어릴 적에 생긴 팔 안쪽 큰 상처.
반팔 옷을 입는 여름에만 조심하면 돼요.
저요, 저요! 손 들면 보이겠지만
내 팔 안쪽을 누가 그리 유심히 보겠어요.
왼쪽 팔을 높게 들지 않는다는 것은 나만 알지요.

검은 머리카락으로 감춘 흰 머리카락.
거울에 비춰 보면 내 눈엔 백발.
하지만 나보다 키 큰 사람만 조심하면 돼요.
정수리만 안 들키면 되거든요.

생각만 해도 힘이 되는 일.
가끔씩 혼자서 가만히 떠올려봅니다.
어느 누구도 알지 못하지만
나에겐 힘이 되어주지요.

생각하면 맥 빠지는 일.
불현듯 떠오르면 빨리 잊고 싶어 머리를 휘휘 저어봅니다.
아무에게도 하소연할 수 없어서
나만 부르르 떨고 끝나지만요.

나만 아는 것.
남에게는 알릴 필요 없는 것.
굳이 가리려 하지 않아도
신발을 신으면 안 보이는,
양말 바닥에 난 구멍 같은 것들이죠.

양말에 난 구멍은
서로가 서로에게
감춰주고 싶은 그런것이거든요

신발을 벗는 곳이라면 잽싸게 땅을 디뎌요.
아무도 눈치 채지 못하지요.
구멍이 난 곳에 잠시 차가운 느낌이 날 테지만
이 정도는 충분히 견딜 수 있어요.

초라한 것 같지만 티는 안 나고
부자연스러운 것 같지만 차분하게 행동하죠.

혹시 누군가 발견한다 해도
섣불리 큰소리로 말하지 못할 거예요.
양말에 난 구멍은
서로가 서로에게
감춰주고 싶은 그런 것이거든요.

오늘은
어떤 이야기들을 써 내려가느라
뭉툭해졌나요

삶은

,

연필심

연필심

오늘도 잘 지냈나요.
오늘은 어떤 이야기들을 써 내려가느라 뭉툭해졌나요.

처음부터 끝까지 한 번도 쉬지 않고 쭉 써 내려간 오늘은
기분 좋은 일이 많았어요.
할 이야기들이 줄을 서서 저를 기다렸죠.
진한 심을 꾹꾹 눌러 쓴 날이에요.

파이팅!!

엄마고마워♡

삶은 하루하루
어떻게든
쓰여갑니다
그렇게 쓰인 나의 하루에
소중하지 않은 글은 없습니다
내가 살아있지 않은 날이
없습니다

오늘은 '썼다, 지웠다'를 반복했어요.
어디에도 마음 둘 곳이 없어 계속 서성였는데
한 문장도 저에게 곁을 내어주지 않네요.
지우지는 못하겠고 또렷이 보이기는 싫은 날.
옅은 심으로 쓰길 잘했어요.

그에게 편지를 보냈어요.
적당히 진해서 잘 보이도록
적당히 옅어서 번지지 않도록
진심을 담았어요.
연필로 쓴 답장이 온다면 정말 기쁠 거예요.

딸아이 도시락에 '파이팅'이라고 쓴 쪽지를 넣었어요.
점심시간이 시작될 무렵 '엄마 고마워' 메시지가 옵니다.
누군가에게 힘을 주었고
그 힘은 메아리가 되어
오늘의 나를 살아가게 합니다.

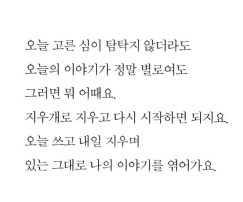

오늘 고른 심이 탐탁지 않더라도
오늘의 이야기가 정말 별로여도
그러면 뭐 어때요.
지우개로 지우고 다시 시작하면 되지요.
오늘 쓰고 내일 지우며
있는 그대로 나의 이야기를 엮어가요.

마음이 향하는 대로 적어 내려가다 보면
결국 삶은 하루하루 어떻게든 쓰여갑니다.
그렇게 쓰인 나의 하루에
소중하지 않은 글은 없습니다.
내가 살아 있지 않은 날이 없습니다.

자, 이제 연필 깎을 시간.
내일도 소중한 오늘을 씁니다.

위로의 속삭임이 되어주기를
이밤을 온몸으로 기억하기를

삶은

,

<table>
<tr><td>따</td><td>정</td></tr>
</table>

다정

오랜만에 남매가 함께 자는 밤.
불 꺼진 방 안에선 속닥속닥 다정함이 배어 나온다.
훗날, 서로에게 위로의 속삭임이 되어주기를.
커가는 동안 이 밤을 온몸으로 기억하기를.

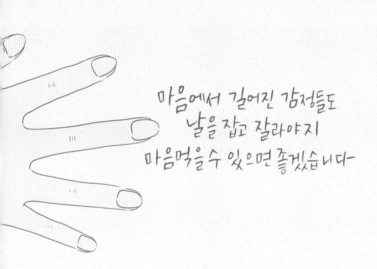

마음에서 길어진 감정들도
날을 잡고 잘라야지
마음먹을수 있으면 좋겠습니다—

삶은

,

손흥

손톱

이번 주는 너무 바빠서 자르지 못했더니
손끝이 무거운 게 신경이 쓰입니다.
잘라내지 못한 감정들로 마음이 무거운 것처럼 말이에요.

오늘은 일을 끝내고 길어진 손톱을 잘라야지 마음먹어 봅니다.
마음에서 길어진 감정들도 이렇게 날을 잡아
잘라야지 마음먹을 수 있으면 좋겠습니다.

아얏,
손톱깎이를 너무 깊숙이 넣었나 봐요.
손가락 끝까지 바짝 잘린 손톱은
손끝에 따끔한 상처를 남기고 떨어집니다.

미처 생각할 겨를도 없이 단호하게 거절당한 그날.
그 사람 입 끝에 날카롭게 걸린 말들은
제 마음에 가차 없이 생채기를 내고 흩어집니다.

다음 번 손톱을 자르는 날,
그때쯤이면
마음속 상흔도 옅어지면 좋겠습니다.
너무 깊숙이 넣은 말의 날은
좀처럼 무뎌지질 않으니 말이에요.

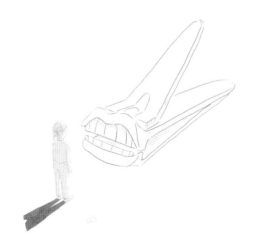

매일 펼쳐지지 않아도
가끔은 까맣게 잊힌 것 같아도
　　나를 찾게 되는 날이 꼭 있답니다
내게 어울리는 날이 반드시 온답니다

삶은

,

우산

우산

오늘처럼 하루 종일 비가 내리는 날은
나는 어디에서나 활-짜-악 피어나요.

장마가 시작되면
몇 날 며칠, 우리는 거리마다 가득 꽃을 피우고
가방마다 한자리씩 차지하고 있기도 해요.

오전 내내 내리던 비가 그치고
다시금 해가 쨍쨍 비추기 시작하면
나가는 손에 들렸던 나는 어느새 잊히기도 해요.

카페 한구석에 덩그러니
서점 한 귀퉁이에 덩그마니
누군가에게 잊힌 듯 초라하게 이리저리 치이기도 하고
처음부터 그 자리에 있던 것처럼 자리를 지키기도 해요.

나와 함께 빗속을 걸어온
나를 고르던 그때 그 마음으로
나를 펼쳐줄 사람은 바로 당신

매일 펼쳐지지 않아도
가끔은 까맣게 잊힌 것 같아도
한구석, 한 귀퉁이에서 빗물을 바짝 말려놓고 기다리면
나를 찾게 되는 날이 꼭 있답니다.
내게 어울리는 날이 반드시 온답니다.

해가 뜬 날은 잠시 숨을 고르고
차양을 가지런히 정리해보아요.
지금은 아직 때가 아닐 뿐.
누군가의 손에 꼭 쥐일 날이 곧 온답니다.

하지만 아무 데나 두지는 말아줘요.
나를 펼쳐줄 사람은 바로 당신.
나를 고르던 그때 그 마음으로
나와 함께 빗속을 걸어요.

난 너의 남
넌 나의 남

삶은

,

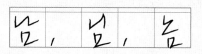

남, 님, 놈

'남남'이 만나
남사스러운 시간들을 꽤 보내고 나면
눈앞에 하얀 안대가 씌워져
점 하나씩을 못 보게 되어요.
그 순간 서로에게 '님님'이 되지요.
난 너의 님.
넌 나의 님.

서로에게 님이 된 이후의 날들에는
오직 내 앞의 님만 보이고
온 세상은 우리 둘만을 위해
존재하는 것처럼 보이지요.

이 안대에는 유효기한이 있는데
그게 사람마다 달라서
어디에다 표기할 수도 없고
얼마만큼이 남았는지 도대체 알 수가 없어요.

유효기한이 다른 안대를 쓴 '님님'들은
어느 날부터인가
안대를 벗으려는 자와 씌우려는 자의
'런닝맨'을 시작해요.

답답하지만 벗으면 안 될 것 같아 참아보고
벗지 말라고 소리치기도 해요.
먼저 안대를 벗은 쪽이 떠나기도 하고
동시에 안대를 벗고 뜨악하기도 하지요.

선명하게 보이는 점 때문에,

그렇게 다시 '남남'.

어쩌면 '놈놈'. (그 점은 거기 있던 점이 아닌데⋯⋯.)

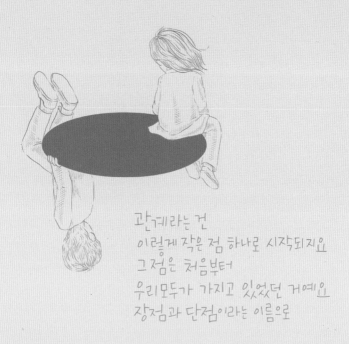

관계라는 건
이렇게 작은 점 하나로 시작되지요
그 점은 처음부터
우리 모두가 가지고 있었던 거예요
장점과 단점이라는 이름으로

관계라는 건

이렇게 작은 점 하나로 시작되지요.

그 점은 처음부터 우리 모두가 가지고 있었던 거예요.

장점과 단점이라는 이름으로.

안대를 쓰는 건 각자의 자유.

하지만 어떤 점도 없애지는 못해요.

중요한 건

처음 안대를 쓰기 전.

우린 서로에게 다가왔다는 것이지요.

그렇게 작은 점 하나를 못 본 척하며

서로에게 '님님'으로 존재하기를

오늘도 나에게, 너에게 간절히 청하는 중입니다.

그 무엇과도 바꾸지 않을 것

삶은

,

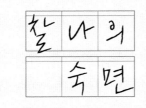

찰나의 숙면

어스름 새벽녘 밥하러 들어간 부엌에서 어제 끓여놓은 국을 발견하고는 쾌재를 부르며 잠깐 소파에서 자는 잠. 그 무엇과도 바꾸지 않을 것.

자, 오늘도 출항!
우리 반갑게 부두에서 만납시다-

삶은

,

두둥실   배

두둥실 배

오늘도 두둥실 항해를 시작해요.

나는 돛단배.
돛을 달고 바람이 이끄는 대로 나아가죠.

나는 나룻배.
노 젓는 만큼 정직하게 나아가요.

나는 여객선.
많은 사람들을 태우죠.
새로운 사람들을 만나는 건 아주 흥미로워요.

나는 유조선.
바다 위의 배들에게 기름을 전달하는
아주 중요한 일을 한답니다.

나는 모터보트.
물보라를 일으키며 쌩~
혼자 즐기는 스피드는 나의 열정과 닮았어요.

늘 내일의 항로를 점검하지만
항로 위에서 일어나는 일은
바로 그날 알게되는법

오늘도 두둥실 항해를 시작해요.

잔잔한 강가에 뜨기도 하고
큰 바다로 나가기도 하죠.

정해놓은 항로로 가는 날도 있지만
항로를 이탈하는 때가 더 많답니다.

어제는 비바람이 심했고
오늘은 암초에 걸려 잠시 정박했거든요.

늘 내일의 항로를 점검하지만
항로 위에서 일어나는 일은
바로 그날 알게 되는 법.

아주 가끔은 산으로 가기도 해요.
다시 물로 데려다 놓는 건
밀고 가든
짊어지고 가든
결국 내 몫이지요.

오늘도 두둥실 항해를 시작해요.

칠흑 같은 밤바다 한가운데서 헤맬 때 만나는 등대는
나의 생사와 운명에
중요한 조력자이기도 합니다.

좋은 뱃사람들을 만날 수도 있어요.
비바람을 함께 견디고
햇살 좋은 날에는 갑판 위의 낭만을 함께 나누죠.
목적지에 도착해선 안도와 아쉬움이 뒤섞인 인사를 나누어요.

오늘도 항로를 이탈하지만
침몰하지 않고 목적지로 돌아올 수 있는 건
이렇게 스치듯 안녕에도 충분한 힘을 얻기 때문입니다.

자, 오늘도 출항!
바람과 파도에 선체를 맡기고
이름 모를 그곳에서 나를 기다릴 등대와
나의 배에 함께 오를 뱃사람을 믿어요.
우리 반갑게 부두에서 만납시다.

새살돋는 날은
활짝 웃을게요
약속해요

삶은

,

구 내 염

구내염

왜 침묵하느냐고 다그치지 말아요.
빨리 삼키라고 재촉하지 말아요.

안 보인다고 안 아픈 거 아니에요.
말 못 해서 이러고 있는 게 아니라
지금 잠시 아픔 고르는 중이거든요.

좋은 사람과 있을 때도 예민한 표정이 되고
맛있는 걸 먹어도 아픈 맛이 납니다.

지금은 조심할 때예요.
잠깐만 방심하면 나도 모르게
불쑥 건드리게 되니까요.

눈물이 날 만큼 아픈 날도
마른 침을 삼키며 참아내는 것은 오롯이 내 몫이죠.

새살 돋는 날은 활짝 웃을게요.
약속해요.

안보인다고
안 아픈거아니에요
지금 잠시
아픔고르는 중이거든요

아무에게도 털어놓을 수 없는 아픔을 고르고 삼켜보지만 눈물도 보일 수 없을 만큼의 쓰라림에 지긋이 올라오는 침샘을 진정시켜봅니다. 풀리지 않은 슬픔의 시간들은 구내염처럼 아무때나 불쑥불쑥 찾아와 마음을 쓰리게 해요.

그렇게 건디다 보면 새살이 돋을 걸 알기에 오늘도 고이는 침들을 삼키며 말을 아껴보지만, 며칠은 반짝 새살이 돋는 것 같아도 이내 다시 발갛게 돋아 올라옵니다. 감춰둔 슬픔이 불쑥 찾아오는 날에는 꼭 함께 오네요. 마치 그 슬픔을 나눠 가지려는 것처럼 말이죠. 그렇게 구내염은 오늘도 저와 함께 삽니다.

잊으려고 노력했고
잊었다고 생각했다—

삶은

,

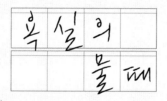

욕실의 물때

잊으려고 노력했고
잊었다고 생각했다.

양치질을 하면서 스치듯 눈길 닿은 곳
희끄무레한 물때처럼
그 일은 그렇게 불현듯 나를 바라본다.

칫솔을 입에 문 채 바닥 솔을 꺼내
타일 줄눈의 물때를 지워본다.
쪼그리고 앉아서 보니
옆에도, 뒤에도, 또 아래에도
줄줄이 이어져 있다.

그렇게 줄줄이 이어져 잊히지 않고
이 닦는 이 순간조차 나를 따라오는 그 일은
어쩌면 평생 눈앞에서 어른거릴지 모르겠다.

독한제제
구합니다
마음이
독하지못해서요

오늘은 기필코 지워야겠다며 독한 세제를 꺼내 온다.
머리를 질끈 묶어 올리고
굵은 땀방울을 콧잔등에 매달고
욕실 전체를 독한 거품으로 덮어버린다.

다시는 나타나지 마.

거품처럼 부글거리는 화를 독백처럼 읊조리다가
매캐한 현기증에 욕실 문을 열고 나온다.
그래도 독한 냄새에 잠깐이라도 나쁜 기억을 잊을 수 있었던
이 순간은 기억하고 싶다.

욕실의 물때는 매일 조금씩 걷어내지 않으면 오늘은 안 보여도, 내일까지는 괜찮을 것 같아도, 이내 불쑥불쑥, 우연히 눈길 스치는 곳에 희끄무레하게 흔적을 남기죠.

나를 괴롭힌 일이 일어난 그때 바로 조금이라도 걷어냈어야 했는데 마음속에 묻어두기만 했더니 그 일들은 퉁퉁 분 물때가 되어 시시때때로 물끄러미 저를 바라봅니다. 나를 힘들게 했던 일은 그렇게 잊은 듯 살지만 모르는 사이에 줄눈 안에 뿌옇게 스며들어 또 가끔씩 가슴 아프게 하네요.

독한 세제 구합니다. 마음이 독하지 못해서요.

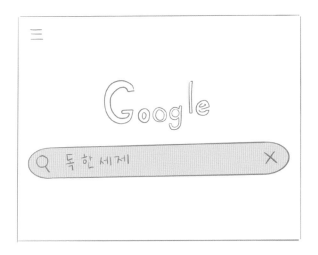

길들인 때타월처럼
그리운 사람들이 있습니다—

삶은

,

| 떼 | 타 | 월 |

때타월

그립다.
너무 그립다.

몇 달 전 그곳에 가지런히 놓고 온 게 못내 마음 쓰이더니
이제는 이렇게 그리운 것을.
영롱하고 선명하던 그 빛깔.
마침맞던 그 결들.

무수한 날들 아픔을 견뎌내고
길들이고 길들여
이제는 진짜 내 것이로구나 흐뭇해하던 차.
그렇게 헤어지다니.

어디 가도 만날 수 없는
이 세상 단 하나뿐인 나만의

.

.

.

이태리 때타월······.
아, 언제 또 길들이지!!

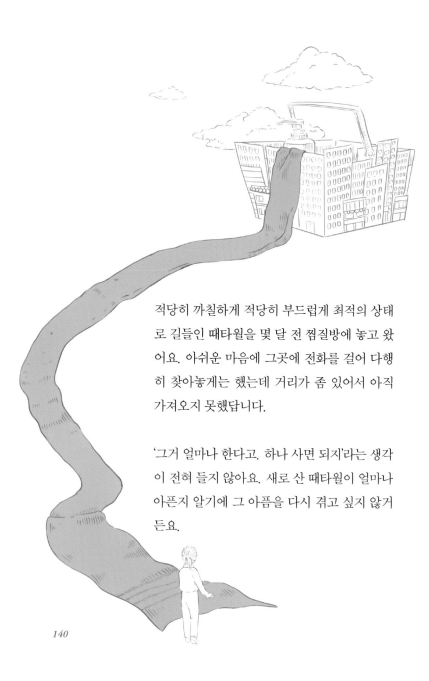

적당히 까칠하게 적당히 부드럽게 최적의 상태로 길들인 때타월을 몇 달 전 찜질방에 놓고 왔어요. 아쉬운 마음에 그곳에 전화를 걸어 다행히 찾아놓게는 했는데 거리가 좀 있어서 아직 가져오지 못했답니다.

'그거 얼마나 한다고. 하나 사면 되지'라는 생각이 전혀 들지 않아요. 새로 산 때타월이 얼마나 아픈지 알기에 그 아픔을 다시 겪고 싶지 않거든요.

길들인 때타월처럼 그리운 사람들이 있습니다. 그런데 지금은 너무 멀어져 아직 찾으러 가지 못했어요. 그 정도 그리움을 간직하려면 서로에게 얼마나 길고 깊은 길들임이 필요한 줄 알기에 섣불리 새로운 사람을 만나지도 못했어요. 그 그리움이 더욱 짙어지기를 기다립니다. 그래야 제 발걸음이 떨어질 것 같거든요. 찾으러 가는 건 결국 제 몫이니까요.

파 한단과 수국 한 다발

삶은

,

| 장 | 바 | 구 | 니 |

장바구니

동네 작은 마트에 들러 장을 보고 들어오는 길,
마트 옆 꽃집에서 보라색 수국을 샀다.
장바구니 속에 나란한 파 한 단과 수국 한 다발로 충만했던 날.

김옥경 작가님의 글을 김수정 작가님의 캘리그라피와 함께 장식하는 작업은 늘 그저 감사했습니다. 첫 출판이라 어리숙했지만 두 작가님과 편집자님 덕분에 무사히 끝마칠 수 있었습니다. 부디 이 책이 일상에서 힘들었던 모두를 위로할 수 있는 따뜻함으로 다가가길 바랍니다.

그림작가 김지원

김옥경 작가의 글을 만납니다.
밖으로 향했던 시선이 내 안으로 향할 즈음, 운명처럼.
당연하게 생각했던 주위의 여러가지가 정중히 건네는 인사를 무심히 지나쳤던 나를 만났습니다. 내 가까운 주위를, 내 안을 좀 더 자세히 들여다보면 내가 기댈 수 있는 가장 가까운 사람은 '나'라는 사실이 캘리그라피 작업을 하면서 선명하게 다가왔습니다.

김지원 작가의 그림을 만납니다.

자연스러운 수많은 선으로 만드는 묵직한 메시지.

그녀의 작품을 처음 보았을 때 마음의 한 겹 아래를 노크하는 느낌이었습니다. 수십 줄의 글을 그림 한 장으로 보여줄 수 있는 일러스트레이터.

그녀와의 작업이 즐거웠습니다.

두 작가님들, 모두를 멋지게 담아주신 편집자님들 그리고 그 누구보다 이 책에 애정을 가지고 지켜봐주신 독립서점 '너의 작업실' 김태영 대표님께 감사의 마음 전합니다. 많은 분들께 우리 모두의 마음이 온전히 전해지길 바랍니다.

|

캘리그라피작가 김수정

주인공이기를 우리 모두가

앨범 속의 인화된 사진처럼

나의 모든 시간이 안녕하기를

정지된 사진 속의 한 장면처럼

모든 순간의 안녕들

2021년 12월 10일 초판 인쇄 | 2021년 12월 20일 초판 발행

지은이 김옥경·김지원·김수정

펴낸이 한정희
펴낸곳 종이와나무

책임편집 한주연
디자인 유지혜
마케팅 유인순 전병관 하재일
출판신고 제406-2007-000158호

주소 경기도 파주시 회동길 445-1 경인빌딩 B동 4층
대표전화 031-955-9300 | 팩스 031-955-9310
홈페이지 www.kyunginp.co.kr | 전자우편 kyungin@kyunginp.co.kr

ⓒ 김옥경·김지원·김수정, 2021

ISBN 979-11-88293-15-5 03810
값 13,000원